Verlag und Druck
tredition GmbH, Halenreie 40-44
22359 Hamburg
© 2017 Rolf Dieter Kaufmann

ISBN 978-3-7439-7620-7 (Paperback)
ISBN 978-3-7439-7621-4 (Hardcover)
ISBN 978-3-7439-7622-1 (E-Book)

Die Frau in Venedig und im venezianischen Dialekt. **LA DONNA DI VENEZIA NEL DIALETTO VENEZIANO.**

Nachdenklich und voller Humor legen Stefano Conte di San Donà di Piave, Monsignore Michièl Muffa, Marisa Muschio und Paolina Palotti die Vorgaben zum Wesen der Frau bei den großen Ein-Gott-Religionen und die Einstellungen von Männern zu Frauen generell dar, wobei sie nicht vergessen, darauf hinzuweisen, dass sie zu diesem Thema alles beweisen können.

Texte, Bilder, Plakate.

Aufgezeichnet am 8. Dezember 2017 in Venedig, am Hochfest der ohne Erbsünde empfangenen Jungfrau Maria, wo in Venedig der Empfängnis von Maria gedacht wird.

Per ammir **Lo fa 1/1**

Reinhard Gailhofer / Rolf D. Kaufmann

Die Frau des Ochsen
(LA FEMMINA DEL BUE)
oder
Handbuch der Unterweisung für Ungläubige

Graubuch

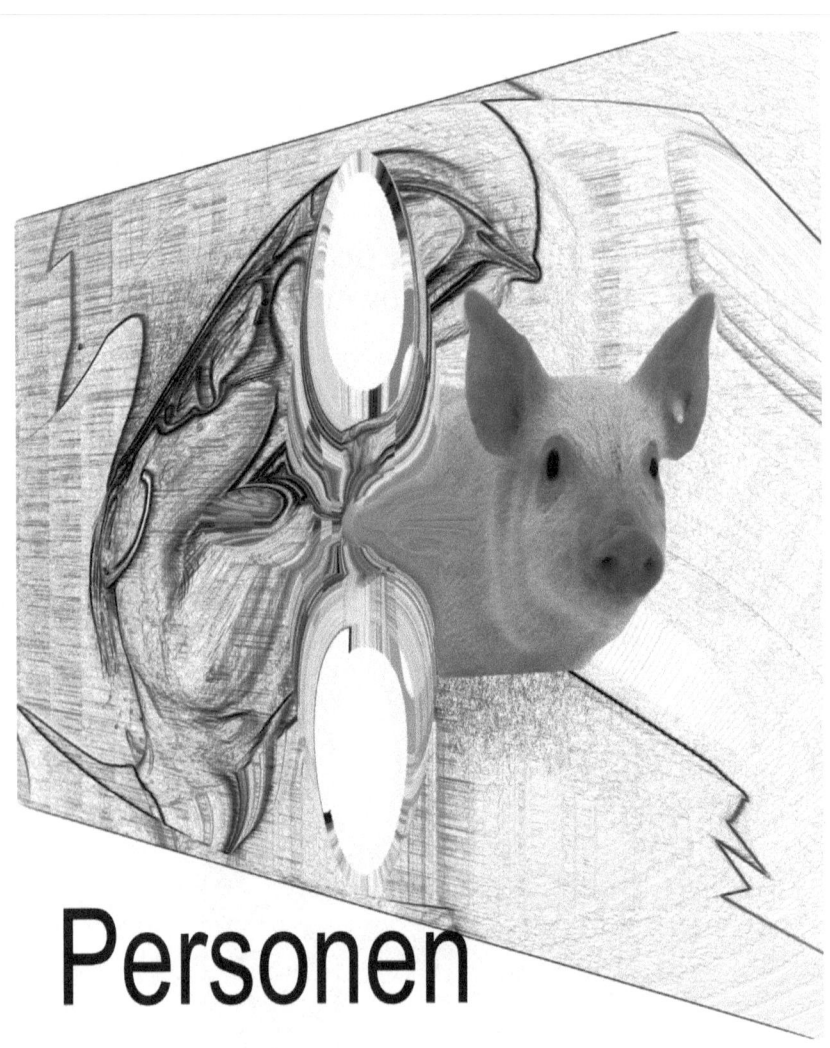

Personen

Die Zivilgesellschaft
ist eine Frau

Stefano di San Donà di Piave

Stefano ist ´Sohn´ der Stadt San Donà di Piave. San Donà ist eine Stadt mit ca. 42.000 Einwohnern, 50 Kilometer von Venedig entfernt. Die Stadt liegt am Fluss Piave. Der Fluss mündet in die Adria.

Voce veneziana Lo Fa 1/3

Marisa

Marisa ist 'Tochter'
Venedigs. Sie ist im
Stadtteil Castello
aufgewachsen.
Dort lebt sie auch
heute noch.

Denti radi Lo Fa 1/5

Michièl Muffa

Houssein

Immer wieder tun, was eigentlich nicht geht.

Gott Vater

Der Teufel

Das Wesen des Zwiegesprächs
bedarf der Erforschung

Paolina Palotti: Die Zivilgesellschaft (samt ihrer Nicht-Regierungsorganisationen) ist eine Frau. Das mag vielleicht ein wenig einfältig klingen. Die Zivilgesellschaft ist in großer Gefahr. Ihr droht der Exodus. Was charakterisiert die Zivilgesellschaft? Alles, was nicht von Regierungen und politischen Parteien kommt, ist zivil. Nicht-Regierungsorganisationen sind der Zivilgesellschaft zugehörig. Sie übernehmen oft Funktionen, die eigentlich der Staat übernehmen sollte, wie zum Beispiel das menschliche Elend lindern, sich um die Belange der Bevölkerung kümmern. Sie sind oft die nützlichen ´Idioten´ im Staat. Zivilgesellschaften sind weltweit unter Druck. Sie müssen sich ständig fundamentalen Missständen zur Wehr setzten, wie zum Beispiel Landraub, illegale Abholzung in Regenwäldern, Verweigerung sozialer und ökologischer Lebensgrundlagen, kurzum der Ausbeutung. Die Geschichte lehrt uns, dass vor allem Nicht-Regierungsorganisationen der Exodus droht. Mitten im Herzen der Zivilgesellschaft findet eine Apokalypse statt. Die Zivilgesellschaft wird zum Sündenbock für alle politischen Fehlentwicklungen weltweit gemacht. Der Zivilgesellschaft geht es an den Kragen. Immer mehr Staaten sind oder werden offen oder versteckt Diktaturen. Kaum sind solche diktatorische oder totalitäre Staatsgebilde hoffähig, erkennt man in deren Schatten schemenhaft die großen Eingott-Religionen, sich den Diktatoren bereitwillig annähernd. Das war wohl schon immer so. Ich erinnere an die Franco-Herrschaft in Spanien, den 'Franquismo', die Franco-Diktatur, deren Bestandteil im 'Movimento Nacional' der Katholizismus (Nationalkatholizismus) war. Die 'gemeinsame Sache', die 'unio mystica' klappt in der Regel. Siehe Polen, Russland. Die Menschenrechtsorganisation 'Freedem House' listete 2013 47 Länder auf, die nicht frei sind. Inzwischen sind weit mehr Staaten offen oder verdeckt, ganz und gar oder teilweise totalitär. Und das bedrohlich in der Nähe von noch einigermaßen funktionierenden Zivilgesellschaften: Kasastan, Polen (in Anfängen) Russland, Turkmenistan, Türkei (auf dem Weg) Weißrussland. Die brutalsten Diktaturen scheinen Äquatorial-Guinea, Erithrea, Kasastan,

Nordkorea, Ruanda, Saudi-Arabien, Simbabwe, Sudan, Swasiland, Syrien, Usbekistan zu sein. Totalitarismus, Diktatur, aber auch populare Bestrebungen nach ganz rechts wirken augenblicklich wie eine Pandemie. Ich, wir alle müssen uns fragen: Ist unsere Gesellschaft widerstandsfähig genug.

Zivilisierte Kinder der Zukunft?

La società civile è una donna. LA FEMMINA
DEL BUE?
Die Zivilgesellschaft ist eine Frau. DIE FRAU
DES OCHSEN?

Totalitäre Systeme, Diktaturen, Schein-Demo-
kratien, politische Systeme, die sich an Fik-
tionen ausrichten, die das zivile Leben der
Menschen durch Ideologien ersetzen wollen,
Heilsbringer-Mentalität, deren Ziel es ist, in die
Privatsphäre der Menschen eindringen zu wollen, werden von MÄNNERN angezettelt und
repräsentiert. Im venezianischen Dialekt nennt
man sie deshalb 'Ochsen'. Der Teufel in jedweder Form wird heraufbeschworen, um bei
der Zivilbevölkerung Angst und Schrecken zu
erzeugen. Ein politisches Phänomen totalitä-
rer Systeme ist die Nähe zu Ein-Gott-Religionen, die Verquickung mit religiösen Elemen-
ten. Diese Strukturen teilen sich Merkmale, die
bei totalitären Systemen wie auch bei Ein-
Gott-Religionen auftreten. Sie negieren 'zivile'
Menschlichkeit, Mitmenschlichkeit, Mitgefühl,
Sorge um andere, Bemühung um Einsicht und
kritische, geistige Entwicklung, Humanität und
Kreativität, Respekt vor Andersdenkenden
und Andersfühlenden, Spontane Fürsorge und

21

Hilfsbereitschaft ohne Einsatz staatlicher Regulative.

Es gibt Milliarden Menschen und jeder ist anders!

Menschlichkeit?

23

Wachsamkeit

Tapferkeit?

Es ist zum Weinen Deróto-andár-in t´un Deròto de Pianto

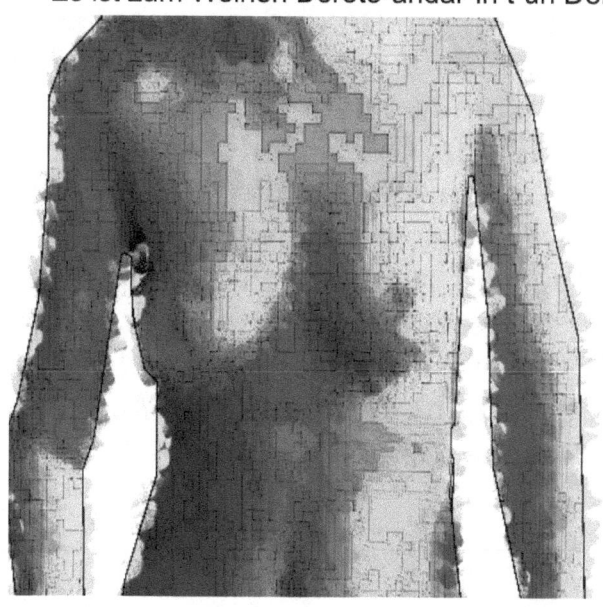

Stefano: Ein Sachverständigen-Gremium in Saudi-Arabien räumte 2016 ein, dass Frauen Säugetiere seinen, ab noch nicht menschlich. Deshalb hätten sie die gleichen Rechte wie Ziegen, Kamele usw... Vor diesem Urteil galten Frauen eben nur als Gebrauchsgegenstände wie Haushaltsgeräte. So das Magazin World *News Dayli Report (Bob Flanagan, 08.03.16)*. Entsprechend den verschiedenartigen Vorraussetzungen, die Gott dem männlichen und weiblichen Geschlecht gegeben hat, sind die Rollen in Saudi-Arabien klar verteilt. Die körperliche Überlegenheit des Mannes verpflichtet diesen, für die Frau zu sorgen und ihr Unterhalt zu gewähren. Daraus ergeben sich häuliche Pflichten der Frau, z. B. die Verantwortung für die Kindererziehung. Da die Frau vorrangige Bezugsperson ihrer Kinder, vor allem der männlichen, ist, ist die Bildung der Frau von großer Bedeutung. Streben nach Bildung und Wissen ist religiöse Pflicht. Jedoch gilt im Bildungssystem eine strikte Geschlechtertrennung. Frauen dürfen keinen Kontakt zu nicht verwandten, nicht verheirateten Männern haben. Muslimische Frauen können nahezu jeden Beruf erlernen.

00 3

Mein Venedig

Marisa: „Ich bin Marisa, 48 Jahre jung, geboren in Venedig, Stadtteil Castello, in der Calle Mandolin. Zwischen Licht und Schatten (Wie meine Mutter immer sagte). Ich wohne in einer Sozialwohnung der Stadt. *Illegal.* Alle 6 Monate kommt einer von der Stadt, um mich aufzufordern, die Wohnung zu räumen. Auf keinen Fall tue ich das. Da halten wir vom Volk zusammen und verhindern jeden Versuch, uns zu vertreiben. Die Stadtverwaltung von Venedig hat kein Interesse, ihre Sozialwohnungen zu erhalten und zu vermieten. Alles verkommt hier. Ich habe die Wohnung auf eigene Kosten und mit eigenen Mitteln saniert, renoviert und mit Möbeln versehen. Jetzt kriegt mich keiner mehr raus. Der ´normale´ Wohnraum in Venedig ist durch den Massentourismus, der die Stadt beherrscht, extrem verteuert. Die Venezianer müssen folglich um ihre Wohnungen kämpfen. Obwohl die Stadt im Grunde eher morbide ist, ist Eigentum für Venezianer fast unerschwinglich. Der Venezianer kann sich keinen Wohnraum mehr leisten. Pro Tag verlassen zwei Venezianer ihre Heimat. Tausende haben ein Wohnungsproblem. Das Leben in Venedig ist ´künstlich´ geworden. Warum? Gegen die von der Stadtverwaltung betriebene Kommerzialisierung und die Folgen des Massentourismus anzukämpfen ist zwecklos. Die Verantwortlichen der Stadt bzw. der Verwaltung sehen nur Geld, Geld und nochmal Geld aus dem Massentourismus. Venedig ist nur noch ein Vergnügungsplatz für Fremde. Dort spielt die Gegenwart. Die Stadtverwaltung führt Krieg gegen die eigene Bevölkerung. Wir wissen also, wovon wir reden."

lo fumego la lettera Lo fa 1/9

Bin ich ein Mensch?

*

Stefano Graf von San Donà di Piave:

Aufbruch der katholischen Kirche. Es bleibt alles beim alten. Sexualität ist heilig. Sie dient ausschließlich der Fortpflanzung und nicht dem Vergnügen. Die Rolle der Frau ist von Gott vorgegeben, nämlich als Gefäß für den männlichen Nachwuchs zu dienen.

Hai el Vento in Pupa. Es kommt nicht zum (geistig) befruchtenden Knall, jedoch zum **fantasie-theologisch-utopischer Furz**, peto fantastifico.

*Kunstwerk von Richard Gruber, Hörzhausen. Im Eigentum des Autors

Meerjungfrau

Kunstwerk der Lara K.
im Eigentum des Autors

La fa 1/11
Per ammir

Michièl Muffa: "In der hebräischen Bibel, auch Altes Testament genannt, auch Tanach geheißen, wird Gott als VATER benannt. Es wird von der Vaterschaft Gottes für das Volk gesprochen *(Dtn 32,6. PS 68,6. Jes 63, 16; 64,7. Jer 3,4.19. 31,9. Mal 1.6; 2,10).* **Gott ist auch VATER des davidischen Königs** *(2 Sam 7,14. PS 89,27. 1 Chr 17,13. 22,10. 28,6).* **Gott erscheint auch als Vater der Waisen** (Ps 68,6). **Das Verhältnis Gott zu seinem Volk wird mit dem Verhältnis von Mann und Sohn verglichen. Es gibt viele Hinweise für die Vaterschaft Gottes. Nirgends wird Gott als Mutter bezeichnet.** "

Die Bücher des Alten Testaments sind aufgeteilt in **Geschichtsbücher** (1. Mose bis Buch Esther), **Dichtung** (Hiob, Psalmen, Sprüche Salomos, Prediger, Hoheslied) und **Propheten**.

Constituo rem publicam. „Ein für allemal und in endgültiger Ordnung..." sagt Ricardo zu Stefano beim Besuch des Restaurants 'Gianni' am Canale Giudecca, bei der Kirche Santa Maria del Rosario im Dorsoduro:

Er: „Gott ist zweifelfrei ein Mann. Es wäre doch eine fette Lüge, ihn als Vater anzusprechen, wenn er eine Frau ist. Außerdem hat er einen Sohn. Dieser spricht Gott mit 'Vater' an. Alle theologisch begründeten Nachbesserungen, dass Gott ein Geistwesen und deshalb Mann und Frau sei, sind doch Klimmzüge, um aus einem geistigen Dilemma im Verhältnis Mann und Frau heraus zu finden. Sie sind keine Offenbarungen. **Außerdem trägt Gott in fast allen Darstellungen einen Bart.**"

Gott Vater

Michièl Muffa zu Stefano: „Nehmen wir mal an, weil Männern ein Bart wächst, darum ist Gott ein Mann. Ziemlich alle Beweise, die in den Schriften vorhanden sind, zeugen hiervon, dass Gott sich der Menschheit als Mann offenbart hat. So soll die wahre Natur Gottes verstanden werden: Treu sorgender Vater und Mann. Gott ist ganz offensichtlich eine männliche Person, weil Gott alle Eigenschaften einer Person besitzt: Gott hat Verstand, Wille, Intellekt, Gefühle und einen Bart. Gott kommuniziert und *pflegt* Beziehungen. Der Mensch ist nach seinem Ebenbild geschaffen. Der Mensch hat Verstand, Wille, Intellekt, Gefühle Verstand und einen Bart, wenn er ihn wachsen lässt. Weil der Frau kein Bart wächst, darum ist sie kein wirklicher Mensch."

Stefano: „Im Neuen Testament steht: (1. Timotheus 2, 8-15) Ich will nun, dass an allen Orten die Männer beten, indem sie heilige Hände erheben, ohne Zorn und Zank, ebenso, dass die Frauen keusch, sittsam und verständig sich schmücken mit schmucken Kleidern, jedoch nicht mit Haarputz, Goldgepränge, Perlen oder teueren Kleidern, sondern mit guten Werken und Gottesfurcht verkündend, wie es Frauen geziemt. Eine Frau lerne in Ruhe und ganzer Unterordnung. Ich erlaube aber einer Frau nicht, öffentlich zu lehren. Sie soll nicht über einen Mann herrschen, sondern sich ruhig verhalten. Denn Adam wurde zuerst geschaffen, dann Eva. Nicht Adam wurde verführt, sondern ...“

Michièl:
„In den 60er-Jahren diskutierten Professoren und Geistliche in Wien wiederholt das Thema, ob die Frau überhaupt ein Mensch sein könne, wenn Gott doch männlich ist – und er die Menschen nach seinem Ebenbild geschaffen hat."

Stefano:
„Gönnen wir doch der Frau im freien Europa die Individualität, die Fähigkeit kritischen Denkens, mitmenschlicher Verantwortung und allgemeinen Rechtsempfindens. Alle samt haben diese Fähigkeiten ihren Ursprung in der griechischen Philosophie und im römischen Recht. Die Frau soll sich nicht wie ein Sklave des Mannes fühlen und nicht die Frage nach ´Bin ich ein Mensch´ an ihn richten müssen."

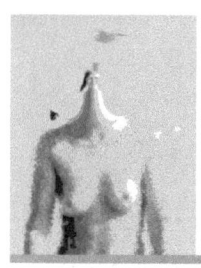

Stefano: „**Papst Franziskus bekräftigt 2015 in Manilla (Philippinen) bei völliger Verkennung der Sachlage das Verbot von Pille und Kondomen. Das Verbot der Antibaby-Pille sowie von Kondomen sei nach Meinung des Kirchenoberhauptes nicht Aufforderung der Kirche, sich unkontrolliert fortpflanzen zu müssen. Das Verbot habe vielmehr verantwortungsbewusste Elternschaft als Ziel. Ich meine, es geht bei der Benutzung von Pille und Kondomen nicht darum, zu vermeiden, sich wie Karnickel zu vermehren, sondern darum, Lust und Vergnügen in Begegnung und Sexualität zu haben.**"

Michièl: „**Autoritätsgläubigkeit und daraus sich entwickelnde unterwürfige Haltung, vor allem die Neigung, religiöse Tugenden über-zu-bewerten, manifestiert ehrerbietige Untertanen-Mentalität. Sie drückt sich in zugleich autoritärem als auch unterwürfigem Wesen aus. Obrigkeitsfrömmigkeit, übersteigertes Pflichtgefühl und fanatische Gründlichkeit sind nicht das, was der Mensch zu seiner Entwicklung dringend benötigt. Christentum und Islam als Ideologie? Das Erlebnis der ethischen und kulturellen Vielfalt und die Auseinandersetzung mit Menschen, die anderer Meinung oder Anschauung sind, ist vielen Frauen durch religiös-ideologische Sichtweisen vorenthalten.**"

Der Spiegel 32/1968 - http://www.spiegel.de/spiegel

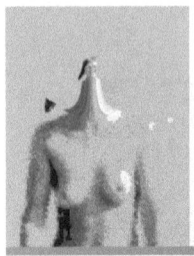

Michièl: „Gibt es Geschlechtsverkehr ohne Sünde? Uguccione da Pisa (oder) Hugo von Pisa, Theologe und Kanonist in Ferrara, lehrte in Bologna kanonisches Recht. 1190 wurde er Bischof von Ferrara. Theologische Fragen seiner Zeit erörtert er in ´Expositio de symbolo apostolorum´. Eine seiner weitreichenden Aussagen: *´Die Lust kann niemals ohne Sünde sein.´* Den antiken Gelehrten der griechischen, römischen und jüdischen Philosophie, diesen sexualitätsfeindlichen, gebildeten Akademikern geistig folgend, hielt die katholische Kirche des Mittelalters schließlich die Ehelosigkeit und damit verbunden die sexuelle Enthaltsamkeit für moralisch höherwertig als die Ehe und die Verbindung von Mann und Frau. Ein gewisser Origines (gestorben um 254), Theologen der katholischen Kirche, stellte als erster Geistlicher die Behauptung auf, der Sündenfall von Adam und Eva im Paradies sei ein sexuelles Vergehen gewesen, das als Erbsünde alle Nachkommen belasten werde. Denn durch diesen Sündenfall ist jeder Neugeborene durch praktizierte Sexualität im elterlichen Zeugungsakt schuldig und sündig. Kirchenlehrer Augustinus sah in der Sexualität der Menschen eine Strafe Gottes für Adam und Evas Sünde im Paradies und vertrat deshalb die Auffassung, dass das Kind durch Lust am Zeugungsakt zwingend mit Erbsünde befleckt werde. Im 12. und 13. Jahrhundert wurde deshalb gar jeder Geschlechtsverkehr zwischen Mann und Frau wegen der damit verbundenen Lust, auch wenn er der Zeugung von Nachkommen diente, zur Sünde. Was konnte aber eine Frau, die keine Sünde begehen wollte, tun, wenn sie von ihrem Mann zum Geschlechtsverkehr aufgefordert wurde? Kirchenvater Thomas von Aquin riet gläubigen Frauen, den Ehemann durch kluges Verhalten vom Geschlechtsverkehr abzubringen. Und Albert Magnus, Lehrer von Thomas von Aquin, gab Frauen ein entlastendes Indiz zur Hand, wenn sie sich den Wünschen ihrer Gatten zum Geschlechtsverkehr fügten: Laut christlicher Lehre war derjenige Ehepartner im Geschlechtsverkehr ohne Sünde, der den Verkehr nur auf Verlangen des anderen und ohne Lust leistete."

Es ist zum Weinen Deróto-andár-in t´un Deróto de Pianto

Marisa: *Die Beschneidung, Verstümme-lung, Erniedrigung der Frau.* Der Ursprung der Beschneidungsrituale sei als ´archa-isch´ abzutun. Das bedeute, Beschneidung habe es schon immer und in großem Maß gegeben. Sie sei ´ganz natürlich´. Das ist ein faules Argument. Mag sein, dass in Afrika oder sonst irgendwo es rivalisierende Sippen, Familienbande oder Stämme gege-ben hat, die aus Gründen der Besitzstands-wahrung, wegen Machtstreben oder zur Kennung (Etikettierung) ihrer Frauen durch unterschiedliche Beschneidungspraktiken Traditionen aufgebaut haben. Aber daraus auf archaische Phänomene zu schließen, ist fragwürdig und naiv. Auch die Initiation der Frau für künftiges ´Frau-Sein´ ist ein schlechter Vorwand. Tatsächlich haben die Ein-Gott-Religionen aufgrund ihrer fragwür-dige Zuweisungen, was die Frau eigentlich sei, die Beschneidung (als Massenphä-nomen) eingeführt, geduldet oder wie z. B. die katholische Kirche im Rahmen ihrer Missionierungsarbeit in Afrika usw. zumin-

dest begünstigt und gefördert. Sie ergänzte gewissermaßen das über Jahrhunderte gefestigte Frauenbild: Die Frau sei im eigentlichen Sinn kein Mensch. Sie solle beim Begattungsakt keine sexuellen Gefühle haben, da sie sich und ihren Nachkommen ansonsten durch Lust zur Sünde führe. In Bibel und Koran sind Beschneidungen (Genital-Verstümmelungen) nicht explizit erwähnt oder gar vorgeschrieben. Die Beschneidung ist allerdings in Überlieferung und Tradition ständig ´präsent´. Die Beschneidung bzw. Genitalverstümmelung der Frau eröffnet einen langen Leidensweg. Spätfolgen sind Angstzustände, Traumata, Probleme beim Urinieren, lang anhaltende Infektionen, Unterleibsentzündungen, Inkontinenz, Menstruationsbeschwerden usw. (Hinweise: CEDAW, MYWO, DSW, FGM, evangelisch.de, INTACT, Terre des Femmes, UNICEF DATA. Monitoring the Situation of Children and Women. 2016).

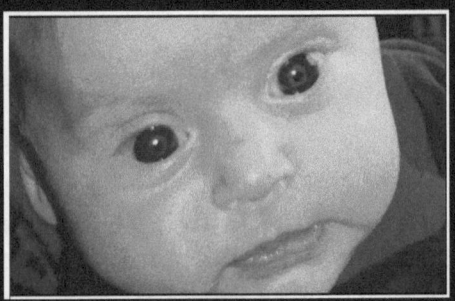

**Das Kind erbt die Sünde?
Durch den Sündenfall ist
jeder Neugeborene wegen
praktizierter Sexualität im
elterlichen Zeugungsakt
schuldig und sündig.
Laut christlicher Lehre war
derjenige Eheparner im**
Geschlechtsverkehr **ohne
Sünde, der den Verkehr nur
auf Verlangen des anderen
und ohne Lust leistete.**

Stefano: „Der Kirchenlehrer Augustinus soll gesagt haben: ´Das Weib ist ein minderwertiges Wesen, das von Gott nicht nach seinem Ebenbilde geschaffen wurde. Es entspricht der natürlichen Ordnung, dass die Frauen den Männern dienen´. Dem steht über Jahrhunderte entgegen: Die Frau als Mensch verdient Lohn für die Erfüllung ihrer Pflichten: Wenn sie steht, fürchtet sie den Fall, wenn sie stürzt, verliert sie nicht die Hoffnung. Ihr Sinn geht nach Frieden, Ruhe, Gleichmaß. *Nihil est homini bonum nisi se bono*, was etwa bedeutet, der vom Grunde her gute Mensch (die Frau) kann vieles zum Guten wenden.“

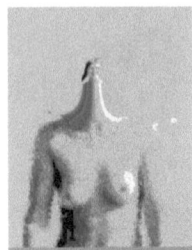 Michièl: „Nach Äußerung des Papstes Johannes Paul II. im Jahr 1994 ist die katholische Kirche nicht befugt, Frauen für das Priesteramt zu weihen. Nur Männer können zu Priestern geweiht werden. "

Stefano: Zu Beginn des 19. Jahrhunderts war es für unvermögende Frauen, wenn sie nicht eine gute Partie machten, noch aussichtslos, ein selbstbestimmtes, glückliches Leben zu führen.

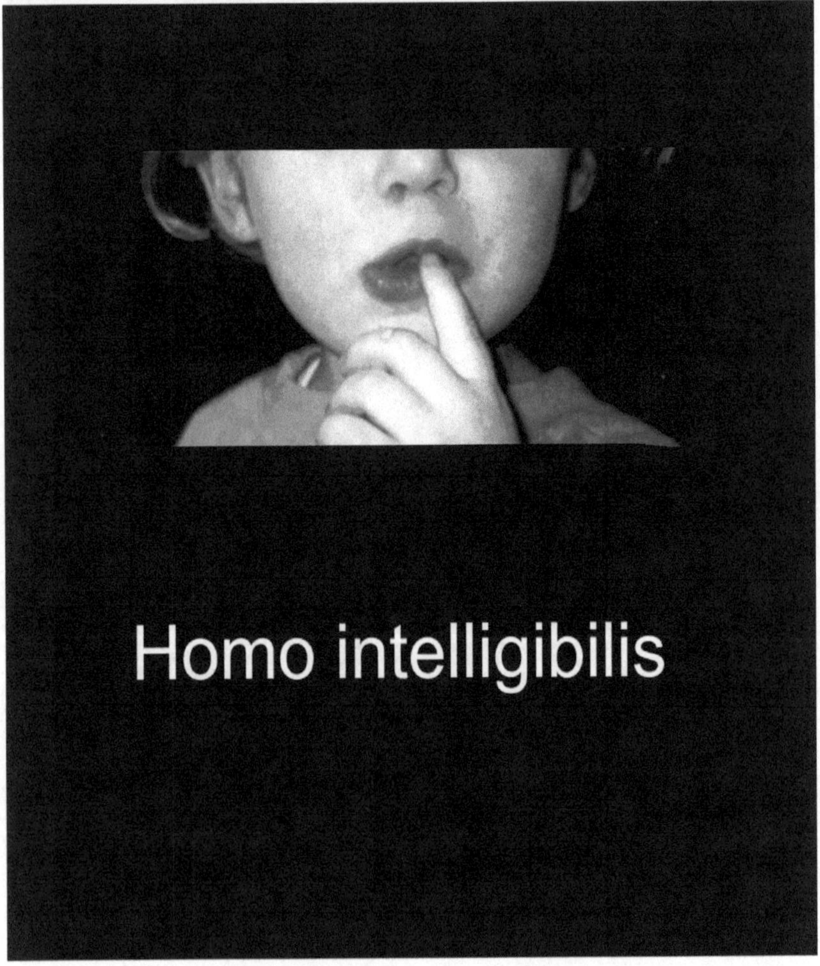

Homo intelligibilis

Wurzeln der Verächtlichmachung

Stefano: „Verächtlichmachung der Frau? In vielen literarischen Schriften, vor allem in der Satire, wird die Frau als literarisch-logisches und rhetorisches Übungsfeld für Verächtlichmachung benutzt. Ob die Frau überhaupt ein Mensch sei? Innerhalb solcher Spitzfindigkeiten mangelt es jeder Logik. Die rhetorischen Mittel zielen auf Herabsetzung der Frau ins Vulgäre. Die Körperlichkeit der Frau wird in den Schmutz gezogen. Sogar die Gebärfähigkeit der Frau wird verunglimpft. Die Wurzeln solcher Verächtlichmachung reichen zurück bis in die Kirchenlehre von Evas Sündenfall. Frauen seien keine Menschen. Was sei er, der Mensch? Der Mensch werde als die Krone der Schöpfung angesehen. Gehört die Frau grundsätzlich dazu?"

Trotz Entkirchlichung in westlichen Gesellschaften ist ein neues Phänomen ´Glauben ohne Kirchenzugehörigkeit´ zu beobachten. Wird es zu einer Rückkehr in das Religiöse kommen?

Stefano: „Der Islam ist die einzige Religion, deren Anhängerschaft in kommenden Jahrzehnten schneller wachsen wird als die Weltbevölkerung. Wissenschaftler sind sicher: Irgendwann wird es mehr Muslime als Christen geben. Die europäische Welt wird muslimisch. 2050 wird es genauso viele Muslime wie Christen auf der Welt geben, sagen die Forscher. 2070 ist der Islam dann die am meisten verbreitete Religion der Welt. Das schließen Wissenschaftler aus Daten wie Geburtenrate, Bevölkerungsstruktur und Religionswechsel. So liege die Geburtenrate muslimischer Frauen weit über der von christlichen Frauen. Das Christentum werde Millionen Gläubige allein dadurch verlieren, dass diese Menschen in eine andere Religion über wechseln, aus christlichen Religionsgemeinschaften austreten oder an gar nichts mehr glauben. Muslimische Völker sind in am schnellsten wachsenden Regionen der Welt konzentriert, z.B. in Indien."

*

Michièl:"Wenn es einen Teufel gibt, dann hat er 'Religion' und die Institutionen Kirche für sich erfunden. Den Teufel stellte ich mir als Kind an der Brust behaart und mit Hufen an den Beinen vor. Er war der gefährliche Entzweier, Verleumder, Widersacher, die Kraft des Bösen. Sind wir uns mal ehrlich: Religiöse Gruppierungen führten über Jahrhunderte und führen noch Krieg gegeneinander und gegen die Menschlichkeit. Sie nehmen für sich in Anspruch, koste es was es wolle, wenn nötig auch mit Gewalt, die wahre Religion mit dem richtigen Gott, dem wahren Gott, zu sein. Die Liste der Untaten von Religionen würde ganze Bände füllen. Jahrhunderte lang führten Institutionen der Religionen Krieg gegen Menschen, mit Verfolgung vermeintlicher Ketzer, zur Reinerhaltung der Glaubenslehre, mit Verfahren der Inquisition, mit Psychoterror, Gehirnwäsche, körperlichen und seelischen Qualen, Folter und Zurschaustellung stigmatisierter Menschen. Religion ist (geschichtlich betrachtet) als ein hohes Gefahrenpotential für den Menschen anzusehen."

*Dualismus. Dualismus ist eine Spielart des Katharismus: Die Lehre des Katharismus gründet auf dem Dogma, Fleisch ist vom Teufel. Geist ist von Gott. Der Mensch und die Welt sind ein Werk des Teufels. Durch den Verzicht der Kinderzeugung soll die Welt zu Gott zurückgeführt werden (und die Feudalgesellschaft ´ausgerottet´ werden). Auf dem katharischen Konzil von St. Felix-de-Caraman bei Toulouse (1167) setzt sich die Zwei-Götter-Lehre (Dualismus) durch, nach der zwei Disziplinen, zwei Gottheiten, Gott und der Teufel, Gut und Böse, Himmel und Hölle gleichberechtigt die Welt regieren. Um die katholische Kirche als Satanskirche bekämpfen zu können, beschließen die Katharer eine Bistumsordnung.

Michièl: „**Gegen den unheiligen Dualismus, der sich in die Köpfe der Katholiken eingeschlichen hat?**"

Stefano: „Die historische Entwicklung zum Teufelskult wurde zu allen Zeiten begleitet von einem Werden und Vergehen modischer Erscheinungen und von *Psychomachie*, zu Hilfe und Rat (Auxilium, Consilium), was für den Menschen gut und was nicht gut sei. Als *Psychomachie*, bellum intestinum, wird ursprünglich Kampf gegen die Sünde, indem Tugenden der Reinheit zu Hilfe gerufen und beschworen werden, sowie Vorgehen wider sittliche Mängel der Persönlichkeit in den Grenzen der Innenwelt verstanden. Innenwelt? Der Teufel ist erfunden, um Menschen, die wegen anderer Meinung, anderer Ansichten, anderer Mentalität, anderer Religion einem System nicht passen. Mit dem Teufel will man diese Menschen legal loswerden. Endliches Ziel ist die Gleichschaltung aller Menschen."

Stefano: „Universalismus im Teufels-
glaube: „Universalismus, eine ursprünglich an die Soziologie ange-
lehnte Lehre, die das ´Ganze´ ge-
genüber dem ´Einzelnen´ als das
Erste, das Ranghöhere ansieht. Der
Einzelne (Individuum) als geistig-
sittliches Wesen kann als Glied eines ´überindividuellen Ganzen´ gedacht werden. In diesem Überindivi-
duellen ist die Eigenständigkeit des
Einzelnen, der ´Person´, gefährdet
bzw. *ad absurdum* geführt. Das Wissen über den Mitmenschen kann
sich (mehr oder weniger) jeder
Mensch aneignen. Das Erleben eines anderen Menschen bleibt dem
Eingeweihten, dem, der sein Ver-
trauen genießt, vorenthalten. Der
Teufel soll diesen mitmenschlichen
Vorgang entzweien."

Michièl: "Das Begehren jedweder Art ist auch im Islam suspekt gehalten und des Teufels. Das Herz sei auf Willkür ansprechbar, weil Allah in die Menschen das Begehren gesetzt habe. Der Kampf gegen die Einflüsterung des Teufels sei ein immerwährender Kampf. (Sure 114:4) Warnung vor dem Übel des Einflüsterers, der verschwindet und wiederkehrt, (114:5) der den Menschen in Herz und Brust einflüstert. Wenn der Mensch wachsam sei und Allahs gedenke, dann entweiche der Teufel und mache sich unscheinbar. Wenn jemand jedoch unachtsam sei, Allah vergesse und seinen Verstand durch bestimmte Handlungen wie Zürnen usw. selbst außer Kraft setze, dann sei das Herz offen für die Einflüsterungen und für alle Verführungsversuche des Teufels. Türen, durch die der Teufel herein komme, seien Missgunst, das energische Streben nach irdischen Gütern, die Liebe zum Geld und zu materiellem Besitz, Angst seinen Besitz zu verlieren, unbeherrscht sein und zürnen, übertriebene Liebe, zu viel Essen, dass man sich Hoffnungen auf Geld oder Gut von anderen Menschen mache, überhastetes Handeln und Unterlassen, andere Menschen der Schandtaten verdächtigen."

Diavolo, chi legge No...
**Die Erfindung des Teufels: Der Teufel ist wohl die am
meisten missbrauchte Gestalt zur Verbreitung von Macht,
für Machterhalt und die Gleichschaltung von Menschen,
für Duchsetzung und Erhaltung eines totalitären Systems.
Man hat immer noch Angst vor ihm.**

**Nicht der Teufel malt sich hässlich an.
Non è il diavolo brutto, come si dipinge!**

Michièl (leise vor sich hin): „**Für eine neue Theologie. An Stelle bewundernswerten Geschwätzes, an Stelle der Verachtung der Intelligenz und der Vernunft des Menschen die Logik, den Diskurs, den Widerspruch und die Wankelmütigkeit, die Ohnmacht des Nichtwissens. Wider die Wörterhändler (venditores verborum). Sie sprechen mehr beredt als wahr.**"

Qualcosa sta 1/15

Michièl: 'Wenn der Teufel dich streichelt, will er deine Seele. *Quando il diavolo ti accarezza, vuole l'anima?* Mein Freund Priester Antonio di Cornaro vom Fondamenta Garzotti sprach während eines Treffens im Ristorante 'Gianni' mich zur Existenz bzw. zum Glauben an Satan an. Er meinte, Satan sei nicht der plumpe, gehörnte Engel, der sich breitbeinig ins Zeug lege. Vielmehr sei er ein Widersacher, mit allen Wassern gewaschen, einfallsreich, verführerisch und äußerst gefährlich. Er bezog seine Feststellung auf 1. Petrus 5:8.. Satan kenne alle unsere Schwachstellen und Tricks und schlachte diese zu seinem Vorteil aus. Die Bibel spreche über seine außergewöhnliche Einfühlsamkeit und List. Antonio: *'Paulus hat viel über die bösen Mächte der Finsternis geschrieben, gegen die wir fortwährend zu kämpfen haben (Epheser 6:12), um den Zusammenhalt der Gläubigen und der Menschen guten Willen zu sichern. Im 2. Korinther 2:11 weist er auf die Gefahr hin, uns nicht von Satan und seinen Anschlägen überrollen zu lassen!'* Satan ist in der Bibel unter fast 30 Namen bekannt. Auf die Kirchen in Deutschland angesprochen, meinte Antonio di Cornaro: *'Was haben heute in Deutschland die Religionen noch mit dem gesellschaftlichen Zusammenhalt zu tun? Das bleibt mir schleierhaft, wenn man bedenkt, dass die beiden Kirchen zwar auf dem Papier noch 54 Prozent der Bevölkerung in ihren Reihen haben, davon aber nur noch höchstens ein Zehntel überhaupt am kirchlichen Leben teilnimmt. Und was hat die Entwicklung der Gläubigen der beiden großen Konfessionen mit Politik zu tun, die einem solchen Thema doch eigentlich neutral gegenüberstehen sollte?'* So also Antonio, Priester in Venedig."

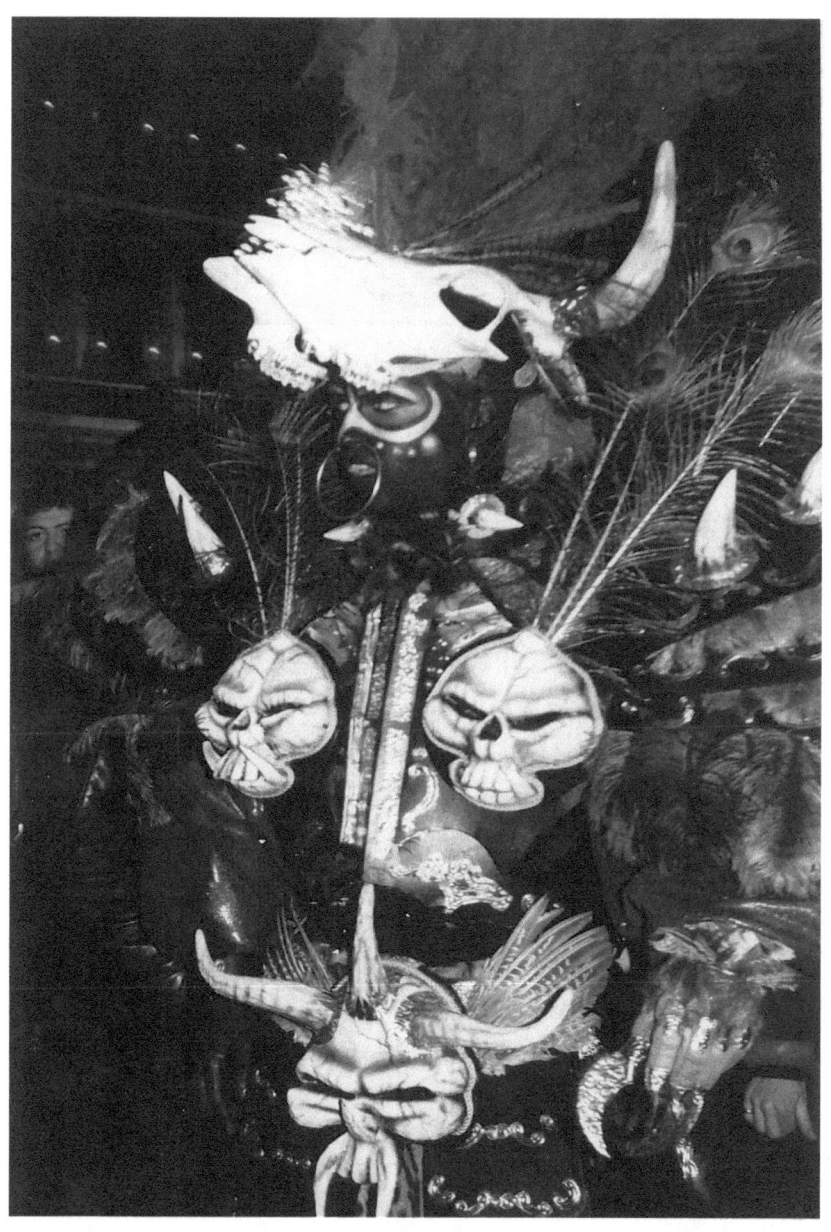

أنت ن ايـلـة الـكـادار من عـذرى

Nayla Alkaddar

يوسـف , 02/10/2006 بتـاريخ , القـدس باللغـة السطورهذه لك أخط أن يسـعدني,بويـز صـداقتنا تحفـظ أن ينبغـي الـتي و العربيـة زمنيـة فـترة خلال تعارفنـا سرني لقـد هذه حيث ,القـدس في سوية قضـيناها قصيرة و الجنسـيات مختلـف المدينـةهذه تضـم وهذه صـداقتنا من ذلك على أدل ليـس و .الأديـان تصـلح نأ يجب و ,قويـة تصبح أن يمكن الـتي .تسـتمر أن أمل كلـي و ,تاريخيـة كصداقة خاص بشـكل و ,الوجـود في شيء أعظم الصداقة أجمل مع .المجتمعـات و الشـعوب مختلـف بيـن يوسـف لك المخلـص ,تحيـاتي

An Nayla Alkaddar

Josuph Boueiz: „Ich bin glücklich, Ihnen diese Zeilen, die unsere Freundschaft erhalten soll, schreiben zu dürfen. Und das in arabischer Sprache. Mich hat sehr gefreut, Sie kennen zu lernen in dieser kurzen Zeit, die wir zusammen in Jerusalem verbracht haben, denn in dieser heiligen Stadt gibt es verschiedene Nationalitäten und Glaubensrichtungen. Das beweist, dass unsere Freundschaft gestärkt werden kann und als historische Freundschaft gelten muss, die hoffentlich für immer bestehen bleibt. Freundschaft ist das Wertvollste, das es überhaupt im Leben gibt, besonders zwischen Menschen verschiedener Völker und Gesellschaften. Mit den besten Grüßen!“

Das Maß an Freiheit für Mann und Frau:
Immer wieder tun, was eigentlich nicht geht.*

***Aus: ´Motivationslehre´ für
das palästinesische Volk.**

Gott Vater

Klagemauer

(N. Jahre)

''חזקו ואל ירפו ידיכם כי יש שכר לפעלתכם'' (דברי הימים ב', טו : ז)

»Sei stark und laß deine Hände nicht ruhen, denn deine Arbeit wird belohnt werden« (2. Chronik 15,7)

75

(المــذكورة المثاليـــة النمـــاذج أي) أنهـم تعــني هل أحداً إن ,حقاً ذلك تعــني هل ,يعـــرفوا أن يريـــدون هو ما ,نحـن من أوهو من يعـرف أن يريــد منهـم بــأن ذلك من أكـثر الأمـر أليـس أصلاً؟ الإنســان شيء كل يعـــرفون جميعاً الصـــورة فـي الـــذين هؤلاء أصلاً؟ يعتقدونـــــه ما تأكيـــد سوى يريـــدون لا و

Houssein: "Immer wieder tun, was eigentlich nicht geht . Das Unmögliche möglich machen? Meinst du, sie (die Menschen) wollen wissen, meinst du wirklich, einer von diesen will wissen, wer er sei, wer wir sind, was der Mensch ist? Ist es nicht vielmehr so, dass alle, die sie im Bilde sind, immer schon alles wussten und nur das bestätigt haben wollen, was sie glauben?"

00 6

Suolo del vive **Lo fa 1/16**

Jerusalem

Ire di corpo Lo fa 1/18

"لا يكلـــف الله إلا نفساً وسـعها ما لهـا وكسـبت
عليهـا ما أكتســـبت"

Sure 2:286: **Allah legt keiner**
Seele mehr auf, als sie zu leisten
(tragen) vermag. Ihr kommt zu,
was sie verdient hat. **Angelastet**
sind ihr, was sie verdient hat.

81

Stefano: „Der Versuch, die islamische Welt an ihrem Nerv zu treffen, ist politische Illusion. Auf heute übertragen: Mit Mitteln des westeuropäischen Denkens und des US-Amerikanischen Ethos zur arabisch-islamischen Seele zu finden, indem man mit Arroganz und Besserwisserei deren Schicksal aufmischen will, wird nicht fruchten. Westliche Politiker glauben sich legitimiert, anhand einer vermeintlichen Erfolgsbilanz ihrer Systeme und Modelle von ihren Verhältnissen analog auf die Verhältnisse im arabischen Raum schließen zu können. Inhalt dieser Denkweise ist das Streben nach einer umfassenden Ganzheit der Welt im Sinne westlicher Wertvorstellungen.

Aylin è voce Lo fa 1/19

Aylin

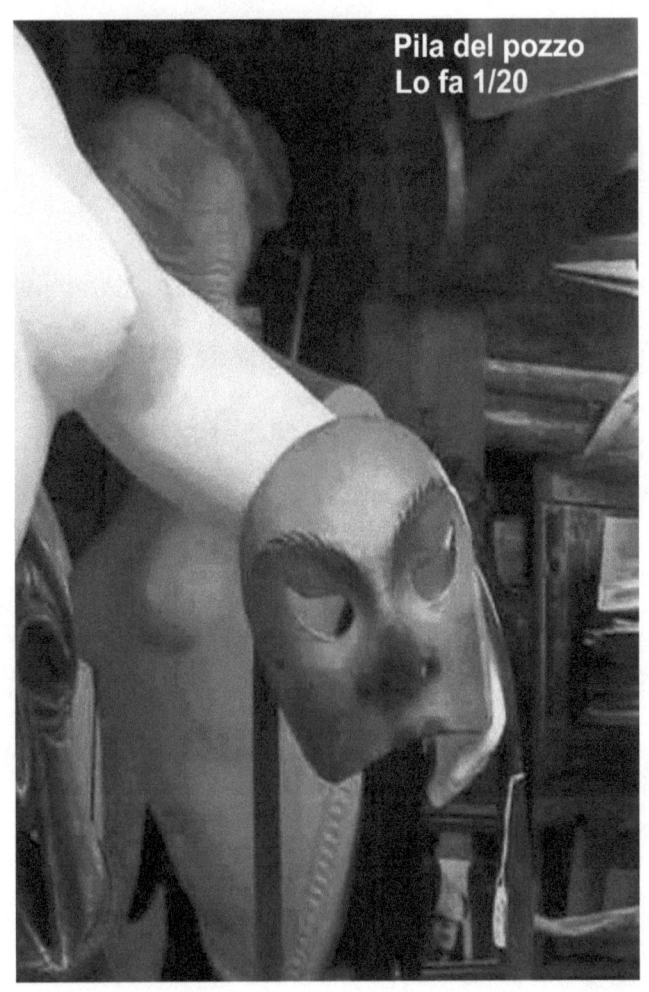

Pila del pozzo
Lo fa 1/20

● 2017. *Die Kleinen machen die Kleinen kaputt.* Gerhard Schröder trat als zukunftsorientierter Politiker an - sich selbst glorifizierend, sich rühmend, er komme aus *Kleinen Verhältnissen* und habe sich hochgearbeitet. Sagen wollend: Als künftiger Bundeskanzler verstehe er die *Kleinen Leute* aus eigener Anschauung. Er wolle den *Kleinen Leuten* dienen. Dann schuf er die Agenda 2010. ▶ Er schuf die Basis für Ausbeutung sowie Lohndrückerei, und in die Zukunft verlegt schuf er die Vorgaben für die Altersarmut (Mini-Renten) der *Kleinen Leute.* Insbesondere die Frauen in unserer Gesellschaft sind die Benachteiligten. Im Jahr 2017 soll es fast eine Million Leiharbeiter (Arbeitnehmerüberlassung) mit niedrigem Lohn, fehlender Zukunftsperspektive und unzumutbaren Arbeits- und Lebensbedingungen in Deutschland geben. Minijobs und Teilzeitarbeit im Niedriglohnsektor treffen vor allem die Frauen. *Die Kleinen machen die Kleinen kaputt.*

Die Gewinner sind die *Großen Leute*. Man nennt diese Vorgänge in Venedig auch AVÉR IN MASARA UN AFÈR, bollire in pentola un negozio: Es tut sich was im Kochtopf. Geschäfte tun sich auf, FAR AQUA, man müsse mit Keckheit zugreifen. Man kann auch sagen, man müsse unverfroren sein, Geschäfte ohne ethischen Rückhalt machen. Die Leistung wird zwar hochgehalten, wenn es darum geht, diejenigen, die ehe nicht viel für ihre Arbeit bekommen, für mangelnde Leistung zu rügen, aber im Grunde zählt jedoch nur der Erfolg der *Großen Leute*, unabhängig davon, wie er zustande kommt.

Mägde in der Kirche. Frauen sind in der katholischen Kirche im Verhältnis zu den Männern nicht gleichberechtigt. Sie werden es niemals sein. Die katholische Kirche tut sich damit allerdings leicht: Es gibt das große Heer der Mägde, die in vermeintlich mystischer Vereinigung mit Gott (unio mystica) für stabile Verhältnisse in der Kirche sorgen. In Venedig nennt man diese Damen auch ´Ehrwürdige Schwestern von der Zitrone zu Sant´ Ambrogio di Valpolicella`.

Drei Mordgesellen, die man sich als Frau merken sollte, töten die jungen Pflänzchen einer aufkommenden Beziehung: Der erste Geselle verkörpert die mangelnde geistige Bescheidenheit, die Gesetze dieser Welt anzuerkennen. Sind wir nicht oft genug in dem Eifer, Menschen in unserem Sinne ändern zu wollen und unzufrieden, weil wir meinen, erzwingen zu können, was uns nicht zusteht? Der zweite Geselle verkörpert die Eitelkeit. Übertriebener Ehrgeiz führt auf den Weg zu äußeren Ehren. Ziele sind Ansehen, Macht und Reichtum. Der dritte Geselle verkörpert den Fanatismus, die skrupellose, blinde Intoleranz. Alle Mittel zur Erreichung eines Zieles sind erlaubt. Der Erfolg heiligt die Mittel.

● 2017. Wohnungsnot in Deutschland. Fast eine halbe Million Menschen sollen in Deutschland keine Wohnung haben. Viele Menschen leben in überteuerten Wohnungen, die sie sich eigentlich gar nicht leisten können. Die Politiker haben unrühmlich versagt, rühmen sich jedoch großer Erfolge. Vor allem *Allein erziehende Frauen* sind von Wohnungsnot und der Knappheit von Wohnraum betroffen. Hier, in Venedig kennt man dieses Problem als ein internationales Phänomen. Es geht um die Armen in der Welt: Was im Arabischen der Miskin, im Französischen der Mesquin, im Italienischen der Meschino, der Arme, ist in Deutschland der Harz IV-Empfänger, dem vom Staat Unterstützung gewährt wird. Man spricht von der einsamen, ärmlichen Behausung, dem Casòn, casa povera o contadinesca. (Aus dem venezianischen Dialekt)

Es ist zum Weinen...

Stefano: „**Die katholische Kirche wird überall wesentlich von Frauen getragen, so dass ohne ihr Engagement die Seelsorge und die kirchliche Sozialarbeit weithin zusammenbrächen. Trotzdem sind Frauen von den wichtigen Entscheidungsfunktionen fast vollständig ausgeschlossen. Die Forderung der Synode und der deutschen Bischöfe, Frauen auch leitende Aufgaben zu übertragen, ist bis heute ungehört verhallt. In den bischöflichen Ordinariaten gibt es oberhalb der Ebene ´Sachbearbeiter´ keine Frauen. Unter den Beratern der Kommissionen der Deutschen Bischofskonferenz finden sich fast ausschließlich Männer. In den theologischen Fakultäten in Deutschland hat noch keine Frau einen Lehrstuhl inne. Die katholische Kirche stellt sich immer noch als eine ´reine´ Männerkirche dar, weit entfernt von der Verwirklichung der Gleichberechtigung von Mann und Frau. Das Bistum Münster kritisierte aktuell (02.06.2017) den Theologieprofessor Michael Seewald, weil sich der Münsteraner Theologe für die Weihe von Frauen mit Zölibatspflicht einsetzte. Er: „Die Frage nach der Weihe von Frauen muss erlaubt sein.", sagt der Dogmatiker Michael Seewald. Schließlich sei das geltende Verbot kein Dogma. Die Argumente dagegen seien zudem nicht stichhaltig. Seewald hatte in einem Interview gesagt, dass das Weihesakrament für alle Geschlechter offen sein müsse, dass also auch Frauen zum Priesteramt zugelassen werden sollten. Zoff.**" (www.katholisch.de/aktuelles/aktuelle...)

Frauen sollten nach den Worten von Papst Franziskus ihre Rolle als Mutter nicht für ein falsches Ideal von *Emanzipation* aufgeben. Der Vorstoß in Räume, die früher von Männern besetzt waren, dürfe nicht dazu führen, dass Frauen ihre wertvollen weiblichen Eigenschaften verlören, sagte Franziskus im Vatikan vor Teilnehmern eines vom päpstlichen Laienrat organisierte Studienseminars.

(www.katholisch.de/aktuelles/aktuelle-artikel.)

Michièl: **Bin ich größenwahnsinnig? Mein Weltbild stimmt mit dem der meisten anderen Menschen nicht überein? Die Erde soll Gott gehören? Diese meine Welt zerstört der Mensch. Er zerstört seine eigene Lebensgrundlage. *„Macht euch die Erde Untertan!?"* Heißt das, der Mensch soll seine eigene Zukunft aufs Spiel setzen? Der Mensch westlicher Staaten ist in sich gespalten. Er will die Demokratie und ist doch monotheistisch auf einen Gott und Gottes (mittelalterliche) Hierarche sozialisiert. Daher verfügt er nicht über die geistige Reife für eine wirkliche Demokratie ohne patriarchale Herrschafts-Hierarchien."** (Hinweis: Alexander A. Gronau, Die Monotheistische Matrix oder Warum die Menschheit neue Religionen braucht).

94

Unser Venedig

Marisa: „Es gibt Phasen, da wird man vom schwierigen Alltag in Venedig überrollt, da überwiegt das Unangenehme. Ich sehe den schlechten Zustand vieler Gebäude sowie den Schmutz in den Kanälen. Da denke ich manchmal, Venedig ist verloren. Aber dann finde ich in mein Venedig zurück. Letztendlich ist Venedig eine Stadt, in der sich nichts wesentlich verändert. Allerdings: Sie ist eine Stadt aus anderer Zeit. Man kann es irgendwie verrückt finden: Fast alles ist so, wie es einmal war. Gibt es das woanders auch? Viele Touristen sehen in Venedig ein Museum. Mehr nicht. Trotz dieser Probleme – für mich ist meine Heimatstadt Venedig eine normale Stadt, obwohl sie ausschaut wie … damals und von atemberaubender Schönheit ist. Ich vermisse nichts und niemand. Die Stadt und ich haben ihre eigene Zeit. Venedig ohne Lagune? Das kann sich doch keiner vorstellen. Die Lagune ist allgegenwärtig: Die Häuser spiegeln sich in ihr. Die Lagune schickt die Feuchtigkeit für die Gassen und Plätze. Die Lagune ist geheimnisvoll und anmutig. In Venedig liebe ich die vielen Arten von Nebel und ihre bildhaften Auswirkungen. Im Stadtteil Castello, in dem ich wohne, gibt es noch viele Einheimische.

Touristen wohnen da wenige. Sie kommen nur, um zu gaffen und um sich das Wörtergeschwall, das aus den Fenstern hallt, anzuhören. Der Castello ist ein Stadtteil, in dem noch viele Familien leben. Allerdings gibt es eine Tendenz, die in allen Stadtteilen sichtbar wird: Die Venezianer werden verdrängt und vertrieben wegen steigender Mieten. Und man muss in Kauf nehmen, dass in manchen Stadtteilen die Wohnungen finstere Löcher sind, in denen man fast nichts sieht. Die Gassen sind so schmal, dass kein Licht nach unten dringt. Deshalb muss man, wenn man Licht will, weiter nach oben. Und Licht kostet Geld. Für viele Venezianer gilt, dass sie raus müssen aus der Stadt, weil sie mit dem, was sie verdienen, keine Wohnung für die Familie bezahlen können. Viele Venezianer wohnen in Mestre, auf dem Festland. Die Bevölkerung im Zentrum ist auf unter 60000 Einwohner geschrumpft. Uns Venezianern und Venezianerinnen sagt man nach, wir seien knallhart, schlau und durchtrieben und wie die Hamburger clevere Vertragspartner und Händler. Irgendwie verständlich: Es ist ein Riesenaufwand, diese Stadt zu versorgen und zu halten.

Michièl spielt Klavier

Stefano, der Maler

Queste voci banali sono le stesse
di merda.
Diese trivialen Stimmen sind das Gleiche
wie Scheiße.

Interview des Stefano di San Donà di Piave mit Marisa Muschio zu Klimawandel und Klimaschutz (Zusammenfassung).

Stefano: „**Hauptkrise unserer Zeit ist der Klimawandel. Die Politiker reden und reden und tun de facto nichts. Die global vernetzten Medien praktizieren kollektives Vergessen. Über Klimawandel denken anscheinend wenige Menschen nach. Man hat ja schließlich mit dem eigenen, privaten Leben genug zu tun. Wird sich Venedig den Auswirkungen des Klimawandels stellen und der massiven Beeinflussung durch das Klima anpassen können? Ich will es mal provozierend formulieren: KLIMAWANDEL HIN ODER HER! KEINER BRAUCHT VENEDIG!"**

Marisa: „**Ich meine, wenn es um Stimmenfang, Wählergunst und hoch dotierte politische Posten geht, dann rücken Anstren-**

gungen und Entscheidungen zum Klimaschutz bzw. Klimawandel in weite Ferne.
Aber geredet wird darüber. Die Hauptbe-
schäftigung von Politikern ist nun mal
´Reden´. Wir sagen dazu auf Venezia-
nisch, *Queste voci banali sono le stesse
di merda. Diese trivialen Stimmen sind
das Gleiche wie Scheiße.* Ich bin selbst
Mitglied einer Umweltorganisation zur
Rettung meiner Heimat Venedig. Einige
Wissenschaftler behaupten zwar, Venedig gehe nicht unter. Das sei erwiesen.
Da bin ich nicht sicher. Solche Aussagen
sind getan, um Geldleute zu ermutigen, in
Venedig zu investieren. Wer würde schon
für eine ´Untergehende Stadt´ Geld aus-
geben? Die Kosten der Stadterhaltung
steigen ständig und ins Unermessliche.
Meine Heimat Venedig soll leben. Aber im
Gegensatz zu den Menschen allgemein,
vor allem zu denen auf dem Festland,
spüren wir Venezianer am eigenen Leib
und intensiv den Klimawandel. Wenn
man ihn spürt, ist das noch mal etwas
ganz anders als wenn man ´nur´ durch
Naturkatastrophen anderswo, in weiter
Ferne, vom Klimawandel etwas mit be-
kommt oder ihn sich nur gedanklich

(kognitiv) plausibel macht. Bei uns gilt: NIEMAND KANN UNS RETTEN AUSSER WIR UNS SEBST. Meine Freunde und ich fassen unsere Bemühungen zum Klimaschutz als ´LUNGA VITA AL FIORE D´ ACQUA* als etwas, das ohne weitere Erklärung verstanden werden kann, zusammen. Die Erde wird messbar wärmer. Wir benötigen deshalb den schnellen Ausstieg aus der anthropogenen Treibhausgasemission. Auch brauchen wir das Verbot der Nutzung primär fossiler Rohstoffe wie Steinkohle, Braunkohle. Wir wissen um den Anstieg der CO_2-Konzentration in der Atmosphäre. Und es ist bekannt: Der globale Wasserkreislauf transportiert große Mengen an Energie durch Verdunstung und Kondensation von der Erdoberfläche in die Atmosphäre. Es bedarf der verstärkten Hinwendung zur regenerativen Energie, Sonnenenergie, zur nutzbaren solaren Energieeinstrahlung (Licht, Wärme), Biomasse, Windenergie, Wasserkraft. Es ist 5 vor 12."

*Langes Leben an der Wasserblume

00

8

Per Ammir   Lo fa 1/23

Lagunenlandschaft

Per ammir
Lo fa 1/25

Lagune, acqua alta

... Venedig ist möglichen Sturmfluten völlig ausgeliefert. Alle 4 Jahre muss man mit einer ´echten´ Flut rechnen. Um das Schlimmste zu vermeiden, experimentiert man mit mechanischen Modellen (Flutschutz ´Moses`).

Per ammir Lo fa 1/26

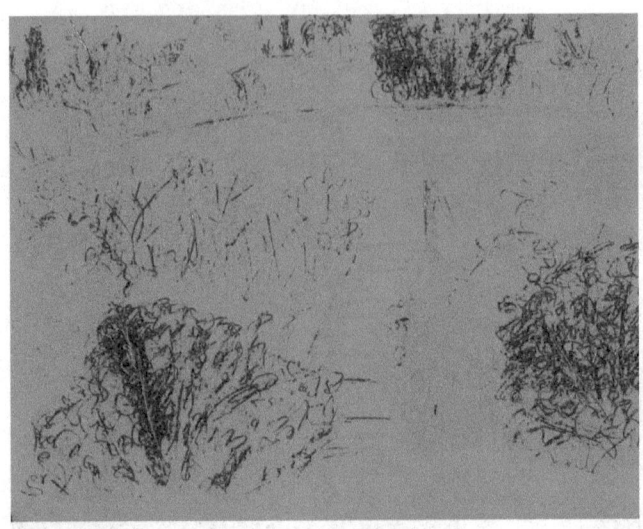

Lagune

Venedig schwebt scheinbar über dem Wasser.
Und doch steht die Stadt mitten IM Wasser. Das
Salzwasser der Lagune beisst an ihr. Der Meeres-
spiegel steigt und steigt. Deshalb können die
Krustentiere (Muschelbewuchs) vor allem die
Holzteile angreifen. Und da ist noch der so
genannte ´Schiffswurm´, dessen Larven die
Hölzer zersetzen.

Per ammir   Lo fa 1/27

Lagunenlandschaft

Venedig ist die schönste Stadt der Welt.
In ihr kann man dem Alltag entfliehen.
Trotz touristischem Sättigungsgrad.
Diese Stadt, die unzählige Schätze (...der
Welt) in sich trägt, verschafft dem Besucher
ein inneres Gleichgewicht. Tag um Tag
wird an der Erhaltung dieses Gleichge-
wichts (Restauration) mit hohem Kosten-
aufwand gearbeitet. Venedig hat die besten
Handwerker. Das Handwerk zeichnet sich
aus durch Können und Anspruch, das
Beste für die Stadt zu wollen und zu leisten.

Decrittazione Entschlüsselung:
LUNGA VITA AL FIORE D´ACQUA
Langes Leben an der Wasserblume

Solo le donne possono
salvare il nostro mondo.

Nur Frauen können noch
unsere Welt retten.

Aus Tagebüchern und Aufzeichnungen.

Gott Vater

Notizen:

Zeitfracht Medien GmbH
Ferdinand-Jühlke-Straße 7
99095 Erfurt, Deutschland
produktsicherheit@kolibri360.de